아주 귀여운 힐링 스토리북

오 마이 비키 2

원작 오마이비키

유튜브 크리에이터 오마이비키는 유쾌하고 발랄한 주인공 오비키와 순둥한 귀염둥이 백설아, 도도해 보이지만 반전 매력의 소유자 스텔라, 까칠하지만 왠지 미워할 수 없는 트러블메이커 박세인 등 개성 넘치는 친구들의 찐 다역 일상 상황극으로 큰 인기를 얻고 있습니다. 그 외에도 음원 제작, 뮤비 촬영, 유형별 드라마, 먹방, 게임 등 다채로운 콘텐츠를 선보이고 있습니다.

글 최재훈

학습 만화, 애니메이션, 온라인 에듀테인먼트 게임, 보드게임 등 아이들과 재미있게 놀면서 공부할 수 있는 콘텐츠라면 무엇이든 가리지 않고 도전하고 있습니다. 대표작으로는 〈흔한남매 이상한 나라의 고전 읽기〉 시리즈, 〈꿈의 멘토〉 시리즈, 〈Why?〉 시리즈, 〈Who?〉 시리즈, 〈천재 LIVE 과학〉 시리즈, 〈문과 1등 이과 1등〉 시리즈 들이 있습니다.

그림 이정화

애니메이터로 활동하다가 지금은 만화와 일러스트를 그리고 있습니다. 《엄마 아빠랑 마음이 통하는 대화법》, 《와당탕 고사성어 자신만만 보드게임》, 《세계로 떠나는 수학 도형 여행》, 〈키라의 박물관 여행〉 시리즈, 〈밥스 패밀리 시리즈〉 들을 그렸습니다. 사랑스럽고 귀여운 모든 것을 좋아합니다.

아주 귀여운 힐링 스토리북

오마이 비키 2 마음 속 소리를 들어 보세요

원작 오마이비키 | 글 최재훈 | 그림 이정화

찍은날 2024년 11월 8일 초판 1쇄 | **펴낸날** 2024년 11월 26일 초판 1쇄
펴낸이 신광수 | **CS본부장** 강윤구 | **출판개발실장** 위귀영 | **디자인실장** 손현지
아동IP파트 박재영, 박인의, 김규리 | **출판디자인팀** 최진아, 이서율 | **저작권 업무** 김마이, 이아람
출판사업팀 이용복, 민현기, 우광일, 김선영, 신지애, 허성배, 이강원, 정유, 정슬기,
정재욱, 박세화, 김송빈, 칭영뫂, 견지현
CS지원팀 봉대중, 이주연, 이형배, 이우성, 전효정, 장현우, 정보길
펴낸곳 (주)미래엔 **등록** 1950년 11월 1일 제16-67호
주소 서울특별시 서초구 신반포로 321
전화 미래엔 고객센터 1800-8890 팩스 541-8249
홈페이지 주소 www.mirae-n.com

ISBN 979-11-7311-356-7 74810
ISBN 979-11-6841-841-7 (세트)

KC 마크는 이 제품이 공통안전기준에 적합하였음을 의미합니다.
사용 연령: 8세 이상

아주 귀여운 힐링 스토리북

오마이 비키 2

원작 오마이비키 | 글 최재훈 | 그림 이정화

Mirae N 아이세움

등장인물

구구

구순

오비키

컹컹

\# ENFJ
\# 내 꿈은 아이돌 \# 밝고 명랑함
\# 춤·노래 다 되는 만능캐
\# 좋아하는 것: 친구들과 놀기
\# 싫어하는 것: 공부(특히 수학)

백설아

소라게

\# ISFJ
\# 평화주의자 \# 피아노 천재 \# 정리왕
\# 좋아하는 것: 피아노
\# 싫어하는 것: 싸움

스텔라

\# INTP
\# 걸 크러쉬 \#금발 \#반전 매력
\# 좋아하는 것: 치어리딩
\# 싫어하는 것: 돌려 말하기

박세인

\# ESTJ
\# 전교 일등 \# 음치 \# 트러블 메이커
\# 좋아하는 것: 오비키를 이기는 것
\# 싫어하는 것: 오비키한테 지는 것

카카

호랑이

빵빵

\# 쿼카
\# 오!마이섬의 관리인
\# 좋아하는 것: 퀘스트 내기
\# 싫어하는 것: 따져 묻기

차례

오늘부터 다시 1일

누군가와 가까워지는 첫 걸음은 그 사람에 대해 알아 가는 것
아닐까요? 작은 습관, 웃는 표정, 좋아하는 음식처럼
아주 사소한 것들까지 말이에요.

오비키와 친구들은 새로 생긴 상담소 위에 직접 만든 간판을 올
려 두고는 뿌듯한 표정으로 바라보았어요. 소박한 간판이었지만 친
구들의 눈에는 최고로 멋져 보였죠.

상담소 구경을 마치고 바닥으로 내려온 카카가 손으로 딱! 소리를 내자, 어디선가 옷이 잔뜩 걸린 옷걸이가 나타났어요.

레벨 업 특별 보상

레벨 2가 된 기념으로 너희에게 줄 선물이 있어.
맘에 드는 옷 한 벌씩 골라 봐!

와! 옷을
선물로 주다니!

다 예뻐서
고르기 힘드네.

내가 제일 먼저
고를 거야!

카카
이것 말고도 더 있으니까
마음껏 골라 봐!

레벨 업 선물은 정말 특별했어요. 친구들은 눈 깜짝할 사이에 새

로운 옷으로 갈아입었어요. 모두 카카의 선물이 무척이나 마음에

드는 눈치였죠.

새 옷을 입으니
다시 태어난 것 같아.

노란
병아리 느낌!

왠지 인형이
된 기분!

마음에
쏙 들어!

드디어 모!마이 고민 상담소 개시!
각자 첫 손님을 찾아
고민을 해결해 보자.
고민을 해결한 사람을 위한
특별 보상도 준비되어 있다고!

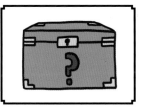

특별 보상?

쉽지 않겠어.

떨려.

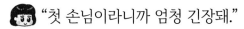 "특별 보상이 뭔지 미리 알려 주면 안 돼?"

"후후, 그렇게 쉽게 알려 줄 수 없지."

박세인은 선물 받을 생각에 그저 기분이 좋은 듯했지만, 다른 친

구들은 왠지 표정이 어두웠어요.

"첫 손님이라니까 엄청 긴장돼."

"그러게. 내가 고민을 제대로 해결해 줄 수 있을까?"

카카는 오비키와 친구들의 걱정을 미리 알고 있었다는 듯이 미소를 지으면서 작은 폴라로이드 카메라들을 보여 줬어요.

카카

고민 상담소를 연 기념으로 주는 특별 아이템이야. 바로 '무엇이든 심리 테스트 카메라'지!

카카에게 카메라를 하나씩 받은 오비키와 친구들은 아리송한 표정을 지었어요.

"갑자기 웬 카메라?"

"사진 찍는 게 퀘스트인가?"

"이걸 사용하면 고민을 해결하는 데 도움이 될 거야. 고민 내용을 떠올리면서 사진을 찍으면 돼."

카카는 시범을 보여 주겠다며 오비키와 친구들의 사진을 찍었어요. 카메라에서는 사진 대신 글과 그림이 인쇄된 종이가 나왔어요.

과일로 알아보는 속마음 테스트

다음 중 마음에 드는 과일을 골라 보세요!

파인애플   귤

사과   포도

종이에 적힌 것은 바로 심리 테스트였어요. 오비키와 친구들은
진짜 과일이라도 고르는 것처럼 신중하게 고민에 빠져들었지요. 박
세인이 먼저 파인애플을 선택하자, 오비키는 귤을, 백설아는 사과
를 선택했고, 스텔라는 마치 아무거나 상관없다는 듯한 표정을 지
으며 포도를 선택했어요.

박세인
난 파인애플! 가장 크고
먹음직스럽잖아.

카카
결과가 나왔으니
다들 확인해 봐!

파인애플을 선택한 당신은 까칠하고
무뚝뚝해 보이지만 가슴속에 뜨거운
꿈을 품고 있는 야심가. 목표한 일은
어떻게든 해내는 불도저 타입이에요.

사과를 선택한 당신은 모든 일을 정확히
처리해야 직성이 풀리는 성실 그 자체이자
완벽주의자. 남에게 피해를 주는 사람을
무척 싫어해요.

귤을 선택한 당신은 누구와도 싸우고
싶지 않은 유쾌한 평화주의자.
깜짝 선물로 친구들을 기쁘게 하는 것을
즐기는 다정한 타입이에요.

포도를 선택한 당신은 처음에는 다가가기
어렵지만, 일단 친해지면 모든 것을
내주는 타입. 차가워 보이지만 알고 보면
따뜻한 사람이죠.

모비키
와! 결과까지 바로 알려 주다니.
정말 신기한 카메라네?

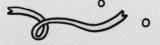"심리 테스트라는 거 은근히 재미있는데?"

"그러게. 심리 테스트가 있으면 고민 해결에 도움이 될 것 같아."

"없는 것보다는 낫겠지, 뭐~. 난 백 번도 더 쓸 거야."

“더 쓸 수 있는 방법은 없어?”

“주민들의 고민을 제대로 해결해서 레벨 2의 행복 지수를 높여

봐. 그럼 좋은 일이 더 생길지도 모르지.”

카카는 알쏭달쏭한 말을 남긴 채 나무 사이로 순식간에 사라져

버렸어요.

에취!

카카가 사라진 후, 오비키와 친구들은 한참 동안 손님을 기다렸
어요. 하지만 개미 한 마리 얼씬하지 않았어요.

"에잇, 아무도 안 오는데 언제까지 이러고 있을 거야?"

"박세인 말이 맞아. 계속 기다릴 수만은 없어."

"우리가 상담소를 연 걸 모르는 주민들이 많아서 그럴 거야."

"그럼 어떡하지? 광고라도 해야 하나?"

"바로 그거야! 직접 뛰면서 우리 상담소를 알리자!"

오비키의 말이 끝나기가 무섭게 친구들은 저마다 좋은 방법을 고민하기 시작했어요. 그리고 모두 그럴듯한 홍보 방법을 찾아낸 후 흩어졌지요. 오비키는 딱히 좋은 생각이 떠오르지 않았지만, 일단 부딪혀 보기로 결심하고 섬 안쪽으로 발걸음을 옮겼어요.

한편, 쿠키를 굽느라 뒤늦게 출발한 백설아는 숲속에서 우연히 구구와 구순이 커플을 발견했어요. 데이트를 방해하지 않기 위해 모른 척 지나가려고 했지만, 구구와 구순이의 얼굴을 보고는 걸음을 멈추고 말았지요. 둘의 표정이 너무 안 좋았거든요.

백설아
무슨 일 있어?

백설아가 준 쿠키를 먹으며 마음을 진정시킨 구구는 구순이와

주고받았던 쪽지들을 백설아에게 보여 줬어요.

"이거 좀 봐 줄래요? 이걸 보고 누가 서운하지 않겠어요?"

"제가 뭘 잘못했다는 건지…… 저도 답답해요."

구순~!
나 어제 악당한테 쫓겨서
털이 다 뽑히는 꿈을 꿨어.

- 구구 -

갑자기 웬 악당?
어떤 악당인데?

- 구순 -

몰라. 기억하고 싶지도 않아.
너무 무서워서
자면서 울었잖아.

- 구구 -

공포 영화 보고
잔 거 아니야? ㅋㅋ

- 구순 -

대체 뭐가
문제죠?

음…… 이건……
그러니까……

둘의 대화를 본 백설아는 잠시 고민에 빠졌어요. 그리고 어렵게 입을 열었죠.

"내 생각엔 둘 다 서로에 대해 잘 모르는 것 같아."

"그게 무슨 소리예요. 우린 서로 사랑하는 사이인데."

그때, 백설아의 머리에 무엇이든 심리 테스트 카메라가 떠올랐어요. 백설아는 카메라를 꺼내 들고 구구와 구순이의 사진을 한장 찍어주겠다고 했어요.

"카메라야, 둘의 성격을 알 수 있는 테스트를 부탁해."

구구와 구순이는 또다시 말다툼을 벌일 기세였어요. 백설아는 얼른 둘 사이에 끼어들었어요.

"자자, 싸우지 말고, 결과를 한번 보자. 카메라야, 결과를 알려 줘, 어서!"

노란색 답을 선택한 당신은 '사고형' 뇌의 소유자.
초록색 답을 선택한 당신은 '감성형' 뇌의 소유자.
둘은 정반대의 타입이네요!

사고형

감성형

사고형 뇌를 가진 당신은 무슨 일이든 논리적으로 분석하는 게 중요해요.

감성형 뇌를 가진 당신은 상대방의 감정에 공감하는 게 중요해요.

결과를 확인한 구구와 구순이는 둘의 성격이 정반대라는 사실
에 깜짝 놀랐어요.

 "우린 달라도 너무 달라."

 "그럼 우리는 사랑할 수 없는 사이인 건가요?"

 "그렇지 않아. 내 생각에 둘은 서로 사랑하지만 마음을 표현하
는 방법이 다른 것 같아. 그럴수록 대화를 많이 하면서 서로 알아
가면 좋지 않을까?"

 "데이트하며 대화를 많이 해야겠네요."

이성과 논리

감성과 공감

백설아
그럼 이번에는 데이트
취향을 알아보는 테스트를
해 볼까? 치즈!

나에게 맞는 데이트 코스는?

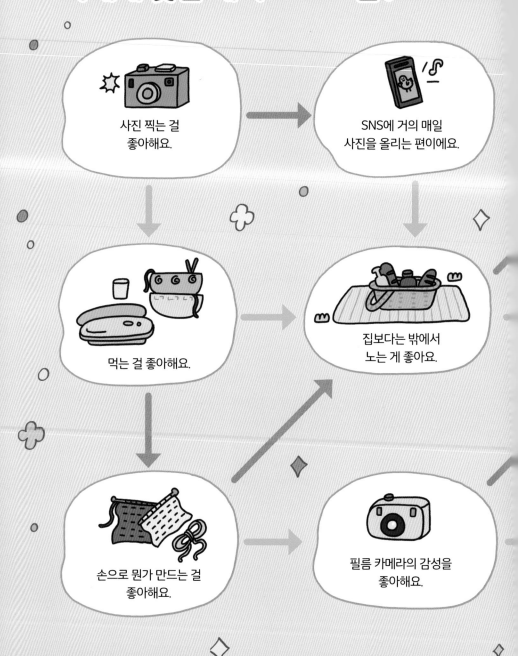

사진 찍는 걸
좋아해요.

SNS에 거의 매일
사진을 올리는 편이에요.

먹는 걸 좋아해요.

집보다는 밖에서
노는 게 좋아요.

손으로 뭔가 만드는 걸
좋아해요.

필름 카메라의 감성을
좋아해요.

→ YES → NO

TV 보는 것보다
독서가 더 좋아요.

조용한 카페에서
즐기는 비밀 데이트

붐비는 곳이 좋아요.

유명한 맛집을 탐방하는
식도락 데이트

음식 맛도 중요하지만
분위기도 중요해요.

평범한 건 싫어!
체험형 데이트

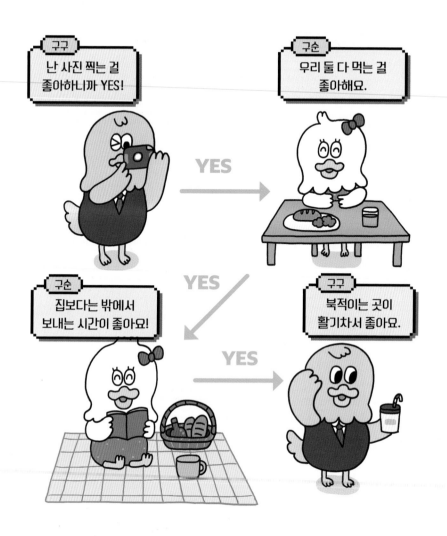

자신들에게 알맞은 데이트 코스를 찾으며 구구와 구순이는 서로

를 조금씩 더 알아 가는 시간을 보냈어요.

"혹, 혹시 우리 둘이 의견이 안 맞으면 어쩌지?"

"그러면 또 대화해서 맞춰 나가면 되지!"

심리 테스트 결과, 구구와 구순이의 취향에 맞는 데이트는 바로 '유명한 맛집을 탐방하는 식도락 데이트'였어요.

구구
구순이의 마음을 더 잘 헤아릴 수 있는
비둘기가 된 것 같아서 행복해.

구순
구구가 어떤 비둘기인지
잘 알 수 있게 돼서
정말 다행이야.
오늘부터 다시 1일!

깃털을 날리며 행복한 모습으로 데이트를 떠나는 구구와 구순이
를 보며 백설아도 무척 기뻤어요.

"누군가를 행복하게 만들어 줄 수 있다니…… 고민 상담이란 거
생각보다 멋지잖아?"

퀘스트 보상

잘했어! 오늘의 퀘스트 성공!
심리 테스트를 이용해서 첫 고민 상담을,
그것도 커플 상담에 멋지게 성공했으니 특별 아이템을 하나 더 줄게.

심리 테스트 세 번 추가　　　　**카카 우산**

백설아
아주 귀여운 우산인데?
비가 와도 걱정 없겠어!

모!마이섬의 행복 지수가
조금 올랐습니다.

31

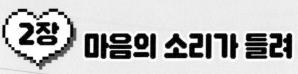

2장 마음의 소리가 들려

세상에서 나보다 나를 더 잘 아는 사람이 있을까요?
하지만 나조차도 모르는 모습이 있답니다.
내 마음속 작은 소리에 귀 기울여 보세요.

박세인
좋아하는 꽃으로 사람의 마음이나 성격을
알아낼 수 있을까? 한번 찍어 봐야지.

박세인이 들고 있던 카메라로 꽃 사진을 찍자, 꽃과 관련된 심리 테스트가 나왔어요.

꽃으로 알아보는 속마음 테스트

다음 중에서 제일 마음에 드는
꽃을 하나 골라 보세요.

튤립

해바라기

아이리스

수선화

박세인
흠, 이중에서 제일
마음에 드는 꽃은……

박세인은 그리 어렵지 않다는 듯이 꽃 하나를 선택했어요. 박세인이 선택한 꽃은 바로 튤립이었어요. 잠시 기다리자, 심리 테스트의 결과가 종이에 나타났어요.

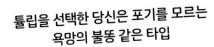

튤립을 선택한 당신은 포기를 모르는
욕망의 불똥 같은 타입

한번 정한 목표는 꼭 이루려 노력하는 추진력이
장점이지만, 가끔은 주변을 돌아보는
여유도 가져 보세요.

박세인
후훗! 포기는 배추 셀 때나
쓰는 말이지! 나는 포기를
모르는 박세인이라고!

운동하면서
동시에 노래
연습까지!

정말
맛있는데?

전교 1등 자리,
놓치지 않을 거야.

개인기
연습하면서 영어
연습까지!

b

a

c

박세인은 심리 테스트 결과가 아주 마음에 들었어요. 가끔은 주변을 돌아보는 여유가 필요하다는 충고까지는 보지 못한 것 같았지만요.

 "다른 꽃들을 선택한 결과도 궁금한걸."

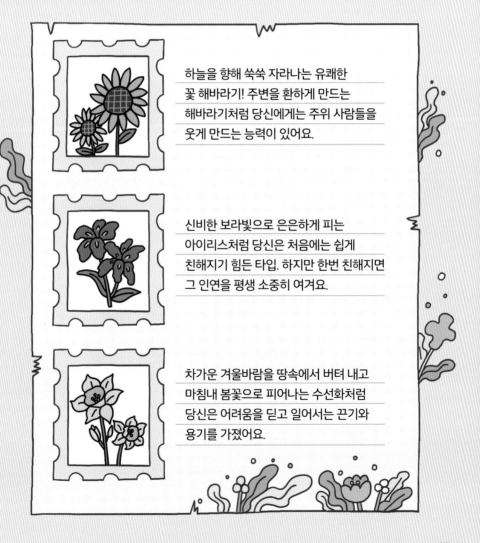

하늘을 향해 쑥쑥 자라나는 유쾌한
꽃 해바라기! 주변을 환하게 만드는
해바라기처럼 당신에게는 주위 사람들을
웃게 만드는 능력이 있어요.

신비한 보라빛으로 은은하게 피는
아이리스처럼 당신은 처음에는 쉽게
친해지기 힘든 타입. 하지만 한번 친해지면
그 인연을 평생 소중히 여겨요.

차가운 겨울바람을 땅속에서 버텨 내고
마침내 봄꽃으로 피어나는 수선화처럼
당신은 어려움을 딛고 일어서는 끈기와
용기를 가졌어요.

박세인은 본격적으로 손님을 찾기 위해 바닷가 쪽으로 발걸음을 옮겼어요. 바닷가에 도착한 박세인은 잠시 주변을 살피더니 커다란 야자수 잎과 나뭇가지를 주워 모아 뭔가를 짓기 시작했어요.

"무턱대고 돌아다니기만 하는 건 바보 같은 짓이지. 난 사람들이 찾아올 수 있도록 만들 거라고."

박세인
나만의 가이 삼담소
준비 끝!

박세인의 말이 끝나기가 무섭게 소라게 한 마리가 잔뜩 겁을 먹은 모습으로 살금살금 다가왔어요.

"고민이 있으신가요? 어떤 고민이든 제가 해결해 드립니다."

그게 말이에요,
제가 여기 온 이유는……

대답한다   무시한다

소라게는 긴장한 듯 작은 소리로 웅얼거렸어요. 박세인은 일단 재미있는 심리 테스트로 소라게의 긴장을 풀어 주기로 했어요.

"손님, 사진 하나 찍어 드리죠! 웃으세요!"

박세인이 카메라에서 나온 심리 테스트를 보여 주자, 잔뜩 웅크리고 있던 소라게가 궁금한 듯 기다란 두 눈을 쏘옥 내밀었어요.

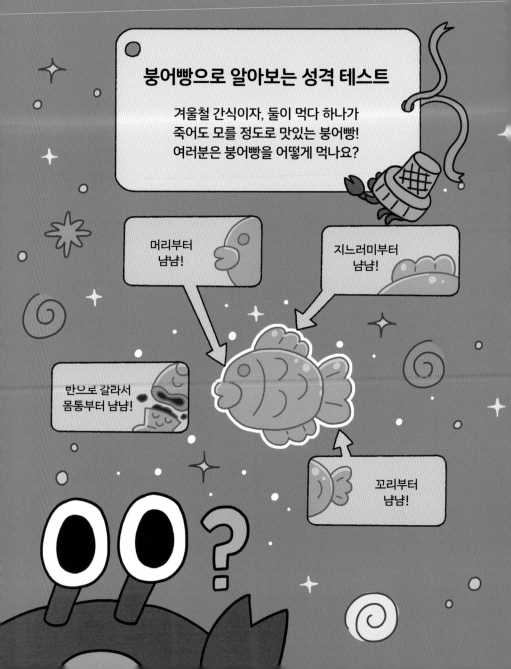

붕어빵으로 알아보는 성격 테스트

겨울철 간식이자, 둘이 먹다 하나가
죽어도 모를 정도로 맛있는 붕어빵!
여러분은 붕어빵을 어떻게 먹나요?

머리부터
냠냠!

지느러미부터
냠냠!

반으로 갈라서
몸통부터 냠냠!

꼬리부터
냠냠!

심리 테스트 결과를 본 소라게는 속마음을 들킨 듯 깜짝 놀란 표정이었어요.

"내 머릿속에 들어갔다가 나온 것처럼 정확하네요. 다른 결과도 보고 싶어요."

머리부터 먹는 당신은 늘 열심히 하면서도 스스로에게 만족하지 못하고 더 채찍질하는 편이에요. 가끔은 스스로를 칭찬해 주세요.

꼬리부터 먹는 사람은 신중하고 배려심 많은 성격이에요. 때로는 다른 사람의 부탁을 잘 거절하지 못해 곤란을 겪기도 해요.

지느러미부터 먹는 사람은 공감 능력이 높은 경우가 많죠. 감수성이 넘쳐 흘러서 드라마를 보면서 펑펑 울기도 해요.

소라게의 표정이 한결 편해지자, 박세인은 기회를 놓치지 않고
소라게에게 물었어요.

"아까 표정이 좀 어둡던데 무슨 일이 있었나요?"

딱하게
됐군.

"사실은…… 어젯밤 혼자 산책을 나왔다가 길을 잃고는 바위에
서 떨어지는 바람에 제 집이 깨져 버리고 말았어요. 새집을 구하지
못해서 밤새 오들오들 떨었고요. 지금 등에 멘 건 화분이에요. 빨리
새집을 구해야 하는데……."

"오케이! 그런 거라면 제가 완벽하게 해결해 드리죠."

자신감에 가득 찬 박세인은 소라게의 집게발을 잡고 예쁜 조개 껍질을 찾아다니기 시작했어요.

이건
어때요?

이것도
좋은데요?

하나씩
살펴보세요.

박세인은 마음에 드는 집을 금방 찾을 수 있을 거라고 생각했지만 현실은 생각처럼 쉽게 흘러가지 않았죠.

 "어떤 집을 골라야 할지 모르겠어요."

"이렇게 많은데, 마음에 드는 게 하나도 없어요?"

 "너무 많아서 뭘 골라야 할지 모르겠다고요."

그때 뒤에서 낯익은 목소리가 들렸어요.

"박세인! 여기 있었구나. 저기 있는 멋진 건물도 네가 지은 거니?"

박세인은 멋진 건물이라는 말에 살짝 우쭐해졌어요.

"당연하지. 저런 아이디어를 낼 사람이 나 말고 누가 있겠어.

그런데 넌 손님 안 찾고 뭐 해?"

44

박세인의 머릿속에 문득 오래전 기억이 떠올랐어요. 백설아와의 피아노 대결에서 졌던 날의 기억이었지요. 박세인의 눈동자에서 욕망의 불똥이 튀기 시작했어요.

'내 사전에 두 번 패배는 없어! 무슨 수를 써서라도 소라게의 고민을 해결하고 말겠어!'

백설아의 성공에 마음이 급해진 박세인은 우선 소라게의 성격부터 파악해야겠다고 생각했어요. 박세인은 곧장 카메라를 꺼내 소라게의 사진을 또 찍었죠. 이번에는 어떤 심리 테스트가 나왔을까요?

먼저 성격을 알아야
마음에 드는 집을 찾을 수 있지!

창문 모양으로 알아보는
속마음 테스트

다음 중 마음에 드는 창문이 있는 집을 골라 보세요.

큰 창문

블라인드가
닫힌 창문

블라인드가
열린 창문

아주 작은
창문

바닥에 닿은
창문

커튼이 있는
창문

소라게는 진짜 집을 고르는 것처럼 아주 신중하게 고민했어요.

박세인은 답답해서 속이 터질 것 같았지만 참고 또 참았죠.

 "저는 '커튼이 있는 창문'을 고르겠어요."

커튼이 있는 창문을 고른 당신!
커튼은 다른 사람의 시선에서
안전하게 보호받기를 원하는 마음을
보여 주는 동시에, 아름다운 것을
원하는 마음도 의미해요.

안전

보호

아름다움

심리 테스트 결과를 본 박세인은 이제 알았다는 듯 자신 있게
소리쳤어요.

 "좋아! 안전하면서도 아름다운 집이면 된다는 거지?"

조금 기다리자, 폴라로이드 사진에 다른 창문들의 의미도 나타나기 시작했어요. 백설아는 자신이라면 무슨 창문을 선택했을지 생각하면서 찬찬히 살펴보았죠.

혼자 있는 것을 좋아하는 것 같지만, 사실은 외로움을 타는 타입. 큰 창문을 통해 이웃과 소통한다면 외로움이 덜하겠죠?

혼자만의 시간을 제대로 즐길 줄 아는 당신. 누구의 방해도 받지 않을 수 있는 고요한 집이 필요해요.

열린 창문을 통해 다른 사람들과 교류하고 싶어하는 마음이 보여요. 활기차고 개방적인 마음의 소유자.

새로운 사람이나 환경에 익숙해지는 데 시간이 걸리는 당신. 하지만 한번 친해지면 누구보다 진한 우정을 나눌 수 있어요.

남들과는 다른 풍부한 상상력을 가진 당신. 때로는 이런 독특함 때문에 남들과 어울리기 어려울 때가 있진 않나요?

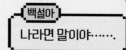
백설아
나라면 말이야……

48

한편 박세인은 소라게의 심리 테스트 결과를 보자마자 모래밭으로 달려갔어요. 그리고 산더미처럼 쌓인 조개를 샅샅이 뒤지기 시작했어요.

소라게
표정이 어두운 이유를 묻길래
집이 없어서 그렇다고는
했지만……. 여러분을 보고
진짜 제 고민을 깨달았어요.

백설아
우리를 보고요?

소라게의 얘기를 들은 박세인은 어이가 없었어요. 하지만 생각
해 보니 새집을 찾아 주겠다고 한 건 박세인 자신이었어요. 소라게
의 진짜 고민은 물어보지도 않고서 말이죠.

"그럼 소라게 님의 진짜 고민은 뭐죠?"

"두 사람처럼 진정한 친구가 있었으면 좋겠는데, 저와 맞는 친구
가 누구인지 모르겠어요. 그게 고민이에요."

"그쯤이야 뭐 얼른 해결해 드리죠. 자자, 김치~!"

하지만 아무리 셔터를 눌러도 사진이 나오지 않았어요.

"어? 이상하다? 이거 고장 났나?"

"테스트 기회 세 번을 다 쓴 거 아니야?"

백설아의 말에 좌절한 박세인은 그 자리에 풀썩 주저앉아 버렸

어요. 바로 그 순간, 놀라운 일이 벌어졌죠.

백설아
카메라야, 내게 남은 사용권으로
소라게 님에게 어울릴 만한
친구 찾기 테스트를 보여 줘~!

백설아! 이렇게
감동시키기 있어?

찰칵

나에게 맞는 친구는?

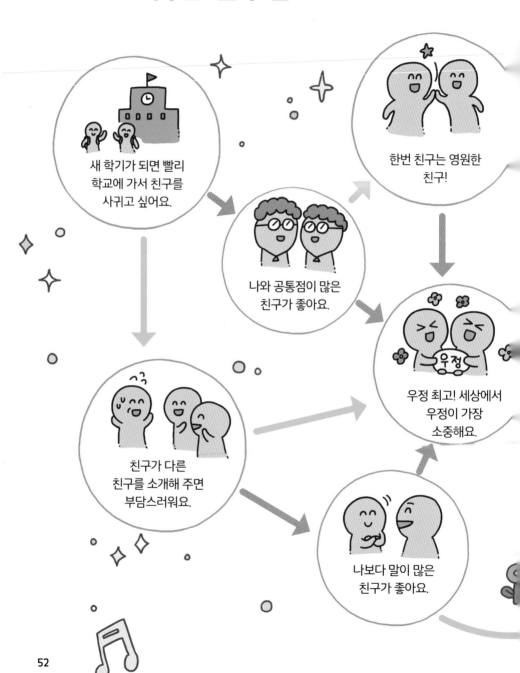

새 학기가 되면 빨리 학교에 가서 친구를 사귀고 싶어요.

나와 공통점이 많은 친구가 좋아요.

한번 친구는 영원한 친구!

친구가 다른 친구를 소개해 주면 부담스러워요.

우정 최고! 세상에서 우정이 가장 소중해요.

나보다 말이 많은 친구가 좋아요.

새 학기가 되면 빨리 학교에 가서 친구를 사귀고 싶어요.

YES →

친구가 다른 친구를 소개해 주면 부담스러워요.

YES ↙

우정 최고! 세상에서 우정이 가장 소중해요.

YES →

단짝 친구가 나 말고 다른 친구와 노는 게 싫어요.

YES ↓

소라게 님에게 맞는 친구 타입은 '영혼의 단짝, 샴쌍둥이'처럼 붙어 다니는 친구예요.

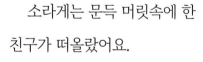

소라게는 문득 머릿속에 한 친구가 떠올랐어요.

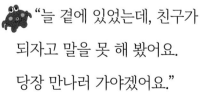 "늘 곁에 있었는데, 친구가 되자고 말을 못 해 봤어요. 당장 만나러 가야겠어요."

다른 결과는 132쪽에 있습니다.

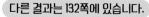

소라게가 행복한 상상을
하고 있을 때, 카카가 기다
렸다는 듯 등장했어요.

퀘스트 보상

잘했어! 오늘의 퀘스트 성공!
첫 번째 고민 상담을 멋지게 해결했네! 특별 아이템은 덤이야!

심리 테스트 세 번 추가

멋쟁이 선글라스

박세인
나 박세인이야! 내가 해내
버렸다고! 어때? 이 섬 최고의
패셔니스타 같지 않아?

오!마이섬의 행복 지수가
조금 올랐습니다.

3장 혼자는 싫어

친구들이 내 진심을 몰라줘서 속상한 적이 있나요?
그럴 때는 친구들을 탓하기전에 내가 하는 말과 행동이
어떤지를 먼저 살펴보면 어떨까요?

스텔라
고민이 있으면
이 나뭇잎에 적어 볼래?

뮤뮤
쉿! 너무 시끄러워서 물고기를
못 잡는 게 고민이거든?

스텔라는 고민 상담이 필요한 손님을 한참 찾아다녔어요. 나름 목소리를 높였다고 생각했지만, 스텔라의 목소리는 바람 소리와 나뭇가지가 흔들리는 소리에 묻혀 버렸죠.

"휴, 첫 손님을 찾는 게 이렇게 어렵다니."

스텔라는 흐르는 땀방울도 식힐 겸, 길가에 놓인 벤치에 앉아 잠깐 쉬었다 가기로 했어요. 그때 스텔라 바로 옆에서 시끌벅적한 소리가 들렸지요.

스텔라
어? 이게 무슨 소리지? 혹시 고민이 있는 손님이 있을지도?

소리가 나는 곳으로 발걸음을 옮기자, 숲속 놀이터가 나왔어요.
그곳에는 스텔라보다 한참 어린 친구들이 신나게 놀고 있었지요.
혹시나 고민이 있는 친구가 있을까 둘러보던 중 스텔라의
눈에 들어오는 장면이 있었어요.

호랑이는 친구들에게 장난치는 게 너무 재미
있다는 듯 깔깔 웃으며 놀이터를 누비고 다녔어요.
하지만 친구들은 전혀 즐겁지 않아 보였죠. 결국 한
명 두 명씩 슬슬 놀이터를 떠나기 시작했어요.
 '계속 저러다가는 외톨이가 될지도
모르겠는데?'

호랑이
어? 다들
어디 간 거지?

숲속 놀이터

친구들이 자기를 따돌린다고 생각한 호랑이는 화가 잔뜩 났어요. 왠지 자신이 나서야겠다는 생각이 든 스텔라는 호랑이에게 한 발짝 다가섰어요. 스텔라의 발소리에 고개를 홱 돌린 호랑이는 퉁명스럽게 말했어요.

어흥! 넌 누구야? 저리 가!
난 지금 기분이 아주 별로라고!

대답한다   무시한다

스텔라
외톨이가 된 마음은
누구보다 내가 더 잘 알지.

호랑이의 외로운 모습을 보자, 스텔라는 오비키와 백설아를 만
나기 전 혼자 외로웠던 기억이 잠시 떠올랐어요. 그리고 이 가련한
친구를 도와주기로 마음먹었지요.

"혼자 심심해 보이길래 같이 놀려고 왔는데…… 싫으면 갈게."

61

스텔라의 말에 호랑이의 표정이 밝아졌어요.

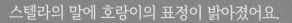 "그래? 그럼 뭐 하고 놀까? 레슬링? 술래잡기? 누가 더 크게 소
리 지르나 내기하기?"

"심리 테스트 놀이는 어때?"

"그런 놀이는 처음 들어 보는데? 재미도 없을 것 같고."

"심리 테스트를 통해 친구들이랑 잘 지낼 수 있는 방법을 알 수 있는데?"

"정말? 그럼 얼른 시작하자."

멋지게
찍어 줘!

찰칵

스텔라
일단 너의 성격부터 알아봐야
할 것 같아. 사진 한 장 찍을게. 치즈~!

발걸음으로 알아보는 성격 테스트

다음 중 내 발걸음과 제일 비슷한 것을 골라 보세요.

1

행진하는 군인처럼
힘차게 걷는다.

2

발이 보이지 않을 정도로
바쁘게 걷는다.

3

다리가 살짝 떨리는 것처럼
비틀거리며 걷는다.

4

두 다리를 거의 붙이고
걷는다.

호랑이
난 2번! 느릿느릿 걷는 건
내 스타일 아니야!

발이 보이지 않을 정도로
바쁘게 걷는 당신은
기분이 좋으면 뭐든지 오케이 타입

늘 에너지가 넘치는 당신은
언제나 바쁘게 움직이는군요.
기분이 좋으면 누구와도 친구가 될 수 있는
순수함도 있어요. 하지만 조심하세요.
내 기분이 좋다고 다른 이의 기분도
좋을 거라는 생각은 당신의 착각일수도?

테스트 결과를 본 호랑이는 커다란 눈이 두 배는 더 커질 정도
로 깜짝 놀랐어요.

 "완전 족집게네!"

"어때? 생각보다 재미있지?"

스텔라
나머지 발걸음은 어떤
성격인지도 한번 볼까?

행진하는 군인처럼 힘차게 걷는
타입은 흔들림 없이 안정적인 성격.
항상 최상의 상태를 유지하려고 끊임없이
노력하는 당신! 일이 어긋나면 큰 스트레스를
받기도 하네요.

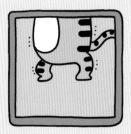

다리가 살짝 떨리는 것처럼 비틀거리며
걷는 타입은 불안하지만 창조적인 성격.
비틀거리는 모습에 왠지 불안함이 느껴지기도
하는 당신! 남들과 다른 생각을 하느라
머릿속이 늘 바쁘네요.

두 다리를 거의 붙이고 걷는 타입은
친절하지만 비밀이 많은 성격.
인간 관계가 좋고 다른 사람을 편안하게
해 주는 당신! 하지만 정작 자기 감정이나
속마음은 잘 드러내지 않는 편이에요.

심리 테스트 결과가 맘에 들었던 호랑이는 기분이 좋아져서 숲이 흔들릴 정도로 크게 울부짖었어요. 옆에 있던 스텔라는 온몸이 떨릴 정도로 큰 소리에 깜짝 놀라고 말았죠.

'자기 기분에 빠져서 옆에 있는 사람은 전혀 생각하지 못하는 것 같군. 성격을 좀 더 알아볼까?'

나의 우정 유형은?

→ YES → NO

외모에 신경을 많이 쓰는 편이에요.

아직 오지 않은 미래를 미리 걱정하지 않는 편이에요.

생각대로 되지 않으면 짜증이 솟구쳐요.

가끔은 다른 친구가 부러워서 그 친구가 되고 싶어요.

유행하는 아이템에 관심이 많아요.

남을 놀리기보다는 놀림을 당하는 게 편해요.

모든 친구들이
나를 좋아해 주기를
바라요.

우정 걸음마
타입

시험 전날에는
긴장해서 잠을 잘
못 자요.

폭풍 전야
타입

마음에 안 드는
일이 있어도 그냥
괜찮은 척해요.

똑똑 박사
타입

계획을 꼼꼼히
세우는 편이에요.

애늙은이
타입

호랑이는 이런 심리 테스트로 마음이나 성격을 알 수 있다는 사
실이 신기하면서도 살짝 의심스러웠어요. 하지만 스텔라를 믿고 진
지하게 질문에 답하기 시작했어요.

정신 연령은 네 살?
뒤뚱뒤뚱 우정 걸음마 타입

밝고 에너지가 넘쳐서 친구들과 함께
하고 싶은 일이 무척 많은 당신!
하지만 같이 놀고 싶은 마음이 너무 앞서서
친구의 마음을 미처 살피지 못할 수 있어요.
아기가 걸음마를 배우듯이
친구들 마음을 살피는
방법을 배워 보세요!

호랑이
정신 연령이 네 살이라니!
누굴 아기로 보는 거야?

스텔라
그만큼 순수하다는
뜻이니까 진정해.

스텔라의 말을 듣고 호랑이는 금세 기분이 좋아졌어요.

"다른 타입도 궁금해. 새 친구를 만났을 때, 그 친구의 성격을 알

면 좀 더 사귀기 쉬울 것 같거든."

'오~, 드디어 상대방의 마음에 신경을 쓰기 시작했어!'

언제 터질지 모르는 폭풍 전야 타입.
자존심이 강한 당신은 친구들과
잘 지내는 편이기는 하지만 자존심을
건드리면 갑자기 폭발할지도
모르겠네요.

냉철하게 판단하는 똑똑 박사 타입.
다른 친구들보다 생각이 깊은 편이라
친구들이 많이 의지하기도 하죠.
때로는 머리보다 가슴으로 친구들을
대하는 것도 좋겠어요.

속을 알 수 없는 애늙은이 타입.
친구들은 당신을 편안하고 믿을 수
있다고 느끼지요. 하지만 당신의
진짜 생각을 알 수 없어 더 다가오지
못하는 친구들이 있을지도 몰라요.

"재미있는 심리 테스트지만, 내가 친구의 마음을 살피지 못한다는 말에는 동의할 수 없어."

"아까 보니까 친구들이 다 떠나는 것 같던데?"

"흥! 나는 잘못한 게 없는데 친구들이 괜히 날 따돌리는 거야. 걔네가 문제라고!"

　호랑이는 자신이 외톨이가 된 이유를 전혀 모르는 눈치였어요. 어떻게 하면 호랑이가 자신의 문제점을 스스로 깨달을 수 있을까 고민하던 스텔라에게 좋은 생각이 떠올랐어요.

'자신을 되돌아보는 덴 거울 치료 만한 게 없지.'

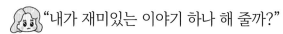"내가 재미있는 이야기 하나 해 줄까?"

"뭔데? 얼른 시작해!"

"머릿속으로 장면을 상상하면서 들어 봐."

스텔라

엄청나게 커다란
뱀이 있었어. 그 뱀은
친구들의 몸을 칭칭
감고 몸에 힘을
꽉 주는 걸 좋아했대.

네가 참 좋아!

으,
숨막혀!

호랑이

너무하네! 대체 왜 그러는 거래?
친구들이 너무 숨 막혀서
힘들어 할 것 같은데?

이야기가 계속될수록 호랑이의 표정은 점점 굳어 갔어요. 뭔가 깨달은 듯했죠.

호랑이
저렇게 소리를 지르면 누가
안 놀라겠냐고. 하마야, 좀!

앗! 깜짝
놀랐잖아!

같이 놀자!

헉헉, 힘들어!

호랑이
잠깐! 이 장면 어디서
많이 본 것 같아!

"이, 이건 내 모습이야. 내가 친구들에게 했던……."

호랑이는 충격받은 듯 눈물을 뚝뚝 흘리기 시작했어요.

"당장 사과하러 가야겠어!"
잠시 후 놀이터에 동물 친구들이
모두 모이자, 호랑이는 그동안의
행동을 진심으로 사과했어요.

호랑이
내 생각만 하고 너희를 힘들게 해서
미안해. 앞으로는 조심할게. 진심이야.

진심으로 하는
사과는 받아
줘야지.

그래. 조금만
주의해 준다면 우린
좋은 친구가 될 거야.

사과해 줘서
고마워.

진심 어린 사과에 친구들이 밝게 웃어 주자, 호랑이는 친구들에게 조심스럽게 부탁했어요.

"혹시 내가 하지 않았으면 하는 행동이 있으면 전부 말해 줘."

호랑이는 고개를 끄덕거리며 친구들의 말을 열심히 받아 적었어요. 그리고 앞으로는 친구들이 싫어하는 행동을 하지 않기로 굳게 약속했지요.

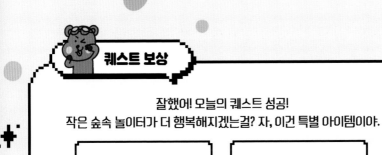

퀘스트 보상

잘했어! 오늘의 퀘스트 성공!
작은 숲속 놀이터가 더 행복해지겠는걸? 자, 이건 특별 아이템이야.

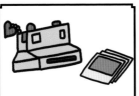

심리 테스트 세 번 추가

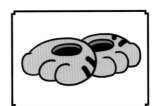

발이 따뜻한 덧신

스텔라

우아! 가벼운데
따뜻하기까지! 어서
친구들에게 보여 줘야지!

오!마이섬의 행복 지수가
조금 올랐습니다.

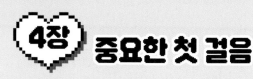

4장 중요한 첫 걸음

가 보지 않은 길 앞에서는 누구나 두려움을 느끼기 마련이에요.
하지만 일단 앞으로 한 걸음 나아가 보세요. 짙은 안개 같던 막막함은
어느새 사라지고, 나아갈 길이 조금씩 보일 거예요.

손님을 찾아 발길 닿는 대로 걷던 오비키는 어느새 숲을 벗어났
어요. 그랬더니 눈앞에 왠지 익숙한 풍경이 펼쳐졌어요. 바로 컹컹
의 목장으로 가는 길이었어요.

목장에 다가가자, 저 멀리 컹컹의 모습이 보였어요. 그런데 컹컹의 표정이 왠지 심각해 보이네요?

"컹컹 님, 혹시 무슨 고민이라도 있어요?"

오비키의 갑작스러운 등장에 컹컹은 깜짝 놀랐죠.

"헉! 어떻게 알았어?"

"얼굴에 근심이 가득한데요? 무슨 일인지 말해 보세요."

컹컹은 잠시 한숨을 쉬더니 입을 열었어요.

"꿈이 이뤄졌는데 무슨 걱정이 있는 거예요?"

오비키는 도대체 무엇이 문제인지 짐작조차 할 수 없었어요.

"농장에서 매일 일을 하느라 여행에 대해 생각해 볼 시간이 없었거든. 여행을 가고 싶다고 생각만 했지, 막상 어딜 갈지, 가서 뭘 해야 할지 도무지 모르겠어."

"하긴 목장 일이 워낙 바쁘니 그럴 만도 하겠네요."

여행에 대한 추억도, 아무런 정보도 없는 컹컹이 여행을 막막하게 생각하는 것도 당연했어요. 오비키는 문득 지난 여행의 추억을 떠올렸죠. 떠올리기만 해도 입가에 미소가 지어지는 그런 추억 말이에요.

워터 파크 간 날

경주 수학 여행

오비키
컹컹 님도 소중한 추억을
만들 수 있도록 내가 돕겠어!

친구들과 바다 여행

오비키는 카카가 준 심리 테스트 카메라를 떠올렸어요.

"컹컹 님이 어떤 여행을 원하는지 내가 찾아 줄
수 있을 것 같아요. 일단 사진부터 찍어요!"

"응? 갑자기 웬 사진?"

나에게 맞는 여행지는?

유명한 관광 명소가
많은 곳이 좋아요.

여행지까지의 거리는
크게 상관이 없어요.

정해진 코스대로 따라
가는 여행이 좋아요.

자연을 벗 삼은
여행이 좋아요.

기차나 버스보다는
자동차가 좋아요.

오래된 역사 속
발자취를 찾는 게
재미있어요.

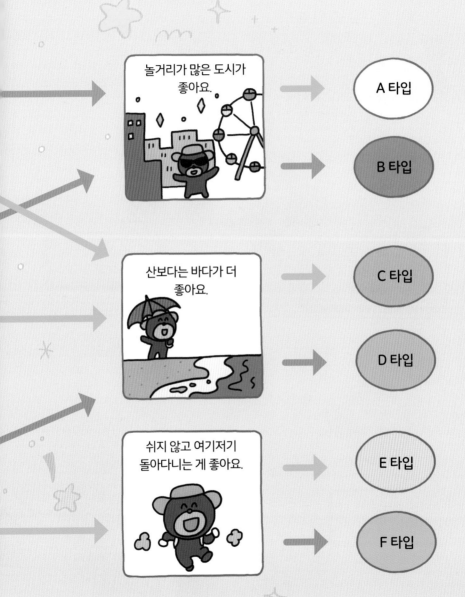

87

질문에 하나하나 대답하면서 컹컹은 자신이 원하는 여행을 더 분명하게 그릴 수 있었어요.

"이건 마치 내 마음 속을 돌아다니는 테스트 같아."

"그렇죠? 심리 테스트를 하다 보면 나도 눈치채지 못했던 내 마음이 제대로 보이는 것 같더라고요."

C타입을 고른 당신에게 추천하는 여행은
멋진 해변에서의 휴양 여행

최고급 리조트에서 탁 트인 바닷가를 보며
그동안 쌓인 피로를 풀어 보세요.

컹컹은 심리 테스트 결과가 매우 마음에 든 표정이었어요.

"자연을 즐기며 푹 쉴 수 있다니! 내가 꿈꿔 왔던 여행이야!"

진정으로 원하는 여행 스타일을 찾은 컹컹은 신이 나는지 좀처
럼 미소를 감추지 못했어요. 그러더니 짐을 챙기러 집 안으로 곧장
뛰어 들어갔어요.

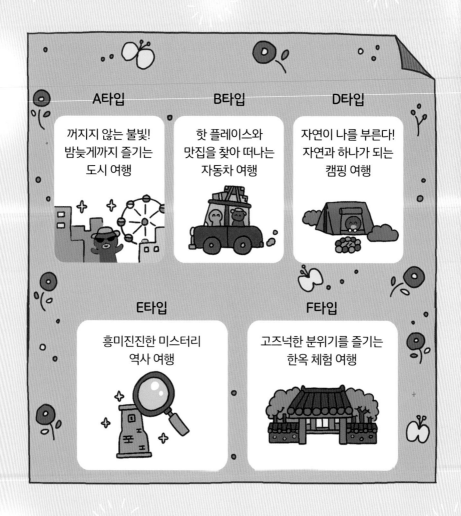

A타입

꺼지지 않는 불빛!
밤늦게까지 즐기는
도시 여행

B타입

핫 플레이스와
맛집을 찾아 떠나는
자동차 여행

D타입

자연이 나를 부른다!
자연과 하나가 되는
캠핑 여행

E타입

흥미진진한 미스터리
역사 여행

F타입

고즈넉한 분위기를 즐기는
한옥 체험 여행

다른 결과들을 살펴보던 오비키는 문득 오!마이섬에 와 있는 지금 이 순간도 여행이나 다름없다는 생각이 들었어요.

'이것도 여행이라면 여행이겠지. 이곳에서의 생활을 좀 더 즐겨야겠어!'

오비키는 자기라면 어떤 여행을 가고 싶을까 잠시 생각하며 심

리 테스트의 질문을 읽어 나갔어요.

'내 선택은 자연과 하나가 되는 캠핑 여행! 그래서 이곳의 생활

이 힘들지 않게 느껴지나 봐.'

모비키
감성이 충만한
나에게 딱이지!

오비키가 잠시 기분 좋은 상상에 빠진 사이 여행 준비를 마친 컹

컹이 다시 나타났어요 .

오비키의 반응을 이해할 수 없다는 듯 컹컹은 고개를 갸우뚱했

어요.

"이 옷이 어때서? 늘 입던 건데? 엄청 튼튼한 옷이라고."

"여행 가서 사진도 많이 찍을 텐데, 이왕이면 멋지게 입는 게 좋

지 않을까요?"

오비키는 컹컹의 손을 이끌고 목장을 빠져나와, 마을에 있는 옷
가게로 향했어요.

오비키의 추천에 따라 컹컹은 가게에 있는 옷을 거의 다 입어 봤지만, 마음에 드는 옷을 좀처럼 고르지 못했어요.

"사실 어떤 옷이 좋은지 잘 모르겠어. 매일 작업복만 입고 지내서 그런가 봐."

왠지 속상해 보이는 컹컹의 표정에 오비키는 한 번 더 심리 테스트를 하기로 결심했어요.

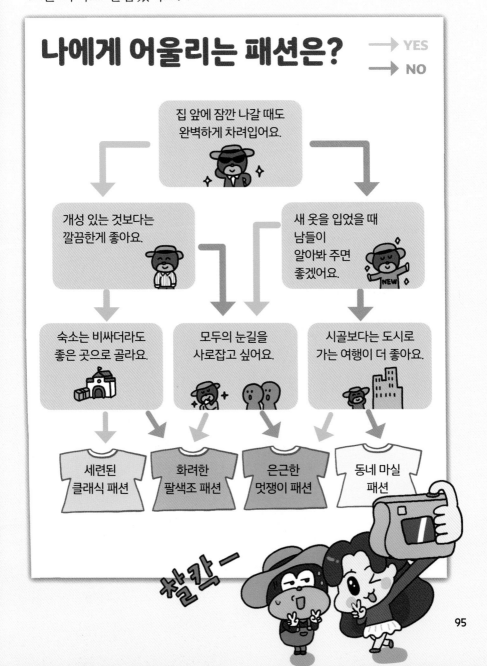

나에게 어울리는 패션은?
→ YES
→ NO

집 앞에 잠깐 나갈 때도
완벽하게 차려입어요.

개성 있는 것보다는
깔끔한게 좋아요.

새 옷을 입었을 때
남들이
알아봐 주면
좋겠어요.

숙소는 비싸더라도
좋은 곳으로 골라요.

모두의 눈길을
사로잡고 싶어요.

시골보다는 도시로
가는 여행이 더 좋아요.

세련된
클래식 패션

화려한
팔색조 패션

은근한
멋쟁이 패션

동네 마실
패션

찰칵―

"얼마나 꿈꿔 왔던 여행인데! 평소와는 다른 모습도 좋겠지."

컹컹은 어느 때보다도 진지하게 질문에 답해 나갔어요. 컹컹의 오랜 꿈이 바로 코 앞까지 다가온 느낌이었지요.

컹컹 님을 위한 추천 패션은 바로 화려한 팔색조 패션

평소에는 편한 옷을 즐겨 입지만,
차려입을 때는 자신만의 개성이 드러나는
옷을 선택하는 당신! 사람들의 시선을
즐길 줄도 아는 편이군요! 무지개색 깃털이 특징인
팔색조처럼 변화무쌍한 매력을 뽐내 보세요!

컹컹
사실 나는 화려한 옷도
좋아하는데 왠지 쑥스러워서
시도해 보지 못했던 것 같아.

모비키
오늘 숨겨 왔던 패션
센스를 마음껏 뽐내 보라고요.

심리 테스트를 통해 은근히 개성을 뽐내고 싶은 자신의 마음을 깨달은 데다 비키의 응원까지 받자, 컹컹은 왠지 자신감이 솟아오르는 것 같았어요. 그래서 이제 오비키의 도움 없이 가게를 돌아다니며 적극적으로 마음에 드는 옷을 고르기 시작했죠.

그동안 오비키는 심리 테스트 결과에 나온 다른 패션 스타일을 살펴보고 있었어요.

'은근한 멋쟁이 스타일이라면 나도 도전해 보고 싶네. 다른 친구들에게는 어떤 패션이 어울릴까나?'

언제 어디서나 완벽해 보이고 싶은 당신! 자신을 위한 투자를 아끼지 않으며 옷을 고를 때도 아무거나 대충 선택하는 법이 없는 당신에게는 클래식 패션을 추천할게요.

본질이 가장 중요하다고 믿는 당신에게는 은근한 멋쟁이 패션이 딱이네요. 화려한 장식보다는 심플함을 추구하지만, 자신의 센스를 보여 줄 수 있는 포인트는 빼놓지 않죠.

타인의 인정보다는 자신의 만족이 제일 중요한 당신! 동네 마실 패션처럼 편하고 실용적인 옷이 최고죠. 편한 옷도 좋지만 가끔은 멋을 내 보는 것도 좋겠어요.

잠시 후 알록달록한 옷으로 갈아입고 한껏 멋을 부린 컹컹이 오

비키 앞에 나타났어요.

"역시 네가 처음에 골라 준 옷이 제일 마음에 들어."

"와! 화려한 옷도 잘 어울리는데요?"

드디어 모든 준비를 마친 컹컹이 떠날 시간이 되었어요. 평소와 달리 활짝 웃으며 힘차게 손을 흔드는 컹컹의 모습에 오비키는 흐뭇했어요.

'바뀐 건 옷뿐인데, 태도까지 바뀌다니! 패션은 사람들에게 기쁨과 자신감을 심어 주는 힘이 있나 봐!'

컹컹
기념품 사 올게!

오비키
즐거운 여행 다녀 오세요!

컹컹을 태운 택시가 저 멀리 사라질 때까지 오비키는 오랫동안 그 자리에 서서 손을 흔들었어요.

"고민 상담에 성공한 것 같은데, 그렇다면……."

"혹시 나를 기다린 거야?"

퀘스트 보상

오늘의 퀘스트 성공! 첫 번째 고민 상담을 해결하느라 수고 많았어!
이 모자는 너에게 주는 특별 아이템이고, 추가로…….

심리 테스트 세 번 추가

패션을 완성시켜 줄 모자

카카가 손가락을 한 번 팅기자, 하늘에서 뭔가 뽕 하고 나타났어요. 바로 과자와 사탕, 초콜릿 같은 간식이 들어 있는 자판기였지요.

오비키
다른 친구들도 모두
첫 고민 상담에 성공했나
보네! 다행이다!

카카
이게 끝이 아니라는 사실!
오늘 하루 고생한 너희 모두에게
주는 선물이 하나 더 있어!
맛있는 초콜릿 한 개씩 어때?

오비키는 곧장 집으로 발걸음을 돌렸어요. 친구들과 함께 성공의 기쁨을 나누고 싶었거든요.

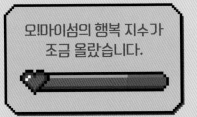

모!마이섬의 행복 지수가
조금 올랐습니다.

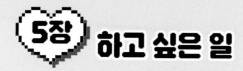

5장 하고 싶은 일

누구나 '가능성'이라는 씨앗을 가지고 있어요.
내 안에 잠들어 있는 이 씨앗을 매일 조금씩 키워 보세요.
무사히 싹을 틔우고 어느 날 커다란 나무로 자라날지도 몰라요.

기분 좋게 퀘스트에 성공한 오비키는 들뜬 마음을
안고 친구들이 기다리는 집으로 뛰어갔어요.

스텔라가 힘차게 자판기의 손잡이를 돌리자, 알록달록한 사탕과 초콜릿이 쏟아져 나왔어요.

오비키와 친구들이 사탕과 초콜릿의 달콤한 맛에 빠져 있을 때,
관리인 카카가 나타났어요.

 "역시 레벨 2가 되더니 실력이 늘었네?"

 "흥, 레벨 업 전에도 잘했거든?"

 "그래? 그렇다면 퀘스트를 하나 더 주지."

너희 모두가 힘을 합쳐서
또 다른 주민의 고민을
해결해 봐! 고민 해결에
성공하면 아주아주 빛나는
보상을 받을 수 있을 거야.

고민을 이렇게 많이
해결했는데 또?

이제 좀 쉬려고
했는데.

너무하는 거
아니야?

카카의 말은 신경도 쓰지 않는다는 듯, 스텔라가 한마디 했어요.

"일단 오늘의 성공을 축하하는 파티부터 열자!"

"빵빵한 빵집에 가서 축하하는 건 어때? 파티에 달콤한 케이크

가 빠질 수 없잖아."

친구들은 곧장 빵빵한 빵집으로 달려가서

그들만의 조촐한 파티를 시작했어요.

박세민
내가 누군가의 고민을
들어 줄 수 있는지는 몰랐어.

빵빵
혹시 내 고민도 좀
해결해 줄 수 있을까요?

오비키와 친구들은 빵빵의 말에 잠시 당황했어요. 하지만 빵빵의

걱정 어린 표정을 보고 어떻게든 도와줘야겠다고 생각했죠.

"좋아요. 우리가 최선을 다해 도울게요. 무슨 고민인가요?"

빵빵
고마워요! 제 고민은
바로 제 아이들 문제예요.

오비키
아이들 문제요?

그, 그러게.

우리도 아직
아이들인데……

빵빵이 막 입을 떼려는 그때, 고민의 주인공들이 빵집 문을 열고 나타났어요. 빵빵네 쌍둥이 아이들, 빵바오와 쨈바오였지요.

휴~, 학교 다녀왔습니다.
앗, 손님이 계시네?
안녕하세요, 저희는 빵바오와 쨈바오예요.

말을 건다　　**걸지 않는다**

백설아
그러게.
스트레스가 많은가?

오비키
의욕이라고는
찾아볼 수가 없네.

스텔라가 심리 테스트 카메라로 쌍둥이들을 찍자, 새로운 심리 테스트가 나타났어요.

스텔라
자자, 둘 다 여길 보고,
치즈!

스트레스의 원인을 알아 보는 테스트

정글 탐험을 끝낸 당신! 집으로 돌아갈 때
데려가고 싶은 동물을 딱 한 마리만 고르세요.

원숭이

말

소

사자

곰

양

스트레스의 원인을 알아 보는 테스트라는 말에 빵바오와 쨈바오는 귀가 솔깃한 듯했어요. 심심하고 지친 표정으로 빵집에 나타난 이후로 가장 밝은 표정이었죠.

곰을 선택한 당신은
언제나 계획만 잘 짜는 타입

시작은 그럴듯하지만
너무 게을러서 제대로 끝내는
경우가 없군요. 그런 자신의
모습에 실망해서 미리
포기하는 것이 문제예요.

말을 선택한 당신은 매일매일 새롭고
재미있는 일이 생기기를 바라는 타입

신나는 하루를 꿈꾸지만,
학교와 학원, 집을 오가는
일상이 반복되는 것이
스트레스의 원인이지요.

빵바오와 쨈바오를 보던 오비키와 친구들도 자신의 스트레스 원인이 궁금해졌어요.

"우리도 한번 해 볼까?"

"나 박세인에게 스트레스 따위는 없어! 그래도 해 보지 뭐~."

친구들은 동물을 한 마리씩 골랐어요. 오비키는 양을, 박세인은 소를, 백설아는 사자를 골랐죠. 마지막으로 스텔라는 원숭이를 골랐어요.

양을 선택한 당신은
연애가 잘 안 풀려 스트레스를 받고 있군요.
상대방의 마음을 몰라 속만 태우고 있네요.
거절이 두려워서 상대의 마음을
확인하는 걸 피하고 있지는 않나요?

빵빵
엄마가 너희 마음을 몰랐구나. 같이 방법을 고민해 보자.

빵바오
내가 뭘 잘할 수 있을까요?

쨈바오
먼가 신나고 새로운 걸 하고 싶어요.

오비키와 친구들은 머리를 맞대고 쌍둥이를 도울 방법을 생각 했어요.

"일단 지루한 일상에서 벗어나 새롭게 계획을 세우고 도전할 만 한 걸 찾아야겠어."

"이왕이면 엄마랑 같이 하면 더 좋을 것 같아."

"여기서 아르바이트라도 하면 되겠네. 새로운 일도 하고, 엄마 도 돕고."

"딱이네! 도랑 치고 가재도 잡는 거잖아."

백설아가 빵바오와 쨈바오의 사진을 찍자, 새로운 심리 테스트
가 등장했어요.

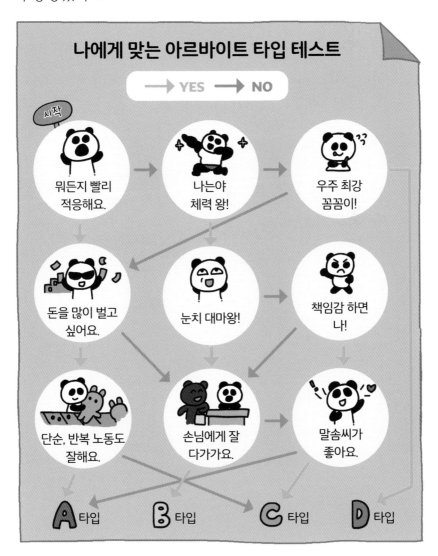

117

빵바오와 쨈바오는 변화를 바라는 간절한 마음으로 심리 테스트에 답해 나갔어요.

쨈바모
나는 뭐든 적응이 늦고, 체력도 약하지만, 꼼꼼해요.

D타입이 나왔다면 재료를 정확히 계량하는 것이 중요한 베이킹 아르바이트는 어떨까요? 이동거리가 짧기 때문에 체력이 조금 달려도 할 수 있어요.

빵바모
나는 눈치도 빠르고, 손님들과 어울리는 것도 좋아해요.

B타입이 나왔다면 손님들을 안내하고, 주문을 받고, 정리하는 서빙 아르바이트가 어떨까요? 눈치가 빠르고 손님들과 어울리는 것을 좋아하는 당신에게 딱 어울리는 아르바이트예요.

A타입이라면 포장 아르바이트는 어떨까요? 몸은 좀 고되고 힘들지만, 일은 아주 단순하죠. 그날의 일당을 바로 받을 수 있다는 장점이 있어요!

C타입에게는 인형 탈 아르바이트를 추천해요. 내 모습을 드러내지도 않고, 여러 사람을 상대하지 않아도 되는 고독한 아르바이트. 하지만 사람에 대한 두려움을 떨치고 말솜씨를 조금씩 늘려 갈 수도 있어요.

박세인
나는 몸을 움직이는 아르바이트가 하고 싶었어!

스텔라
흠, 이 아르바이트를 하면 말솜씨를 늘릴 수 있겠네.

박세인과 스텔라도 자신이 하고 싶은 아르바이트를 떠올리며 즐거워했어요.

한편, 빵바오와 쨈바오는 심리 테스트의 결과를 보고 신기해하고

있었어요. 둘 다 빵집에서 할 수 있는 아르바이트였거든요.

"빵집에서 엄마와 같이 일해 볼래?"

쨈바오
지금 당장 시작해요!

빵바오
정말 좋아요!

 "둘 다 행복해 보여요. 아이들이 자라서도 저렇게 행복하게 일

할 수 있으면 좋겠어요."

 "그러게요. 쌍둥이가 나중에 어떤 일을 하게 될지 궁금해요."

 "미래를 엿볼 수 있다면 좋을 텐데."

 "심리 테스트 카메라에 그런 테스트도 있지 않을까?"

나에게 맞는 미래의 직업은?

가상 현실, 인공 지능 같은
최신 기술에 관심이 많아요.

남을 돕는 일에 발 벗고
나서는 편이에요.

공연이나 전시를
자주 보러 다녀요.

이야기를 재미있게
한다는 말을 자주 들어요.

역사나 미술에
관심이 많아요.

뭔가 만들어 내는 일이
재미있어요.

새로운 물건에 대한
아이디어가 종종 떠올라요.

생활을 편리하게 해 주는
발명품을 만들고 싶어요.

창조적
발명가

여럿이서 함께 일하는 게
재미있어요.

나이를 가리지 않고 두루두루
잘 어울리는 편이에요.

앞장서는
활동가

환경 문제나 지구의
미래에 대해 걱정해요.

남을 웃기는 것을
좋아해요.

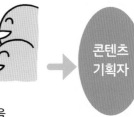

콘텐츠
기획자

미래의 직업을 알아보는 심리 테스트를 한다고 하자, 빵바오와 쨈바오가 부리나케 달려왔어요. 오늘 아침까지만 해도 하고 싶은 일이 하나도 없었던 두 친구였지만 이제는 왠지 달라져 있었죠.

창조적 발명가

새로운 기술에 대해 관심이 많은 당신.
혼자서 뚝딱뚝딱 뭔가 만들어 내는
재주도 있어요. 사람들에게 꼭 필요한
물건을 만들어 낼 발명가, 과학자의
미래가 보여요.

콘텐츠 기획자

사람들과 만나서 얘기하고 함께
일하는 것을 좋아하는 당신.
요즘 무엇이 유행하는지 잘 알고 있어서
재미있고 창의적인 콘텐츠를 만드는
일이 안성맞춤이겠네요.

앞장서는 활동가

문화와 예술에 감각이 뛰어난 당신.
또한 사회 문제를 어떻게 보완하고
발전시킬지 고민하는 타입이지요.

스텔라
나는 왠지 이게 맞는 듯?

자신의 미래를 살짝 엿본 빵바오와 쨈바오는 가슴속에 꿈의 씨
앗이 자라나는 걸 느꼈어요.

"멋진 과학자가 되면 좋을 것 같아요."

"내가 만든 걸 보고 다른 이들이 즐겁고 행복해한다면 저도 행
복할 것 같아요."

"저런 의욕적인 모습은 처음이에요. 정말 고마워요."

오비키와 친구들은 빵빵이 싸 준 빵을 가득 안고 빵집에서 나왔어요.

"누군가의 고민을 들어 주고 함께 해결해 나가는 일, 정말 뿌듯한데? 빵을 안 먹어도 배부른 것 같아. "

오비키와 친구들이 집 옆에 있는 상담소로 달려가 보니, 새로운 간판이 지붕 위에서 반짝반짝 화려하게 빛나고 있었어요. 오비키와 친구들의 가슴은 뿌듯함으로 가득 차올랐어요. 뿌듯함만큼 무인도의 행복 지수도 함께 올라갔어요.

오!마이 고민 상담소

오!마이섬의 행복 지수가 가득 찼습니다.

카카

레벨 3이 된 것을 축하해! 더 많은 고민을 해결하는 데
도움이 될 만한 새로운 테스트를 추천해 줄까?

추천받는다　　받지 않는다

"더 많은 고민을 해결하라고? 레벨이 높아질수록 할 일이 많아

지는 건 나만 느끼는 거야?"

"나도 그렇게 생각해."

오비키와 백설아도 말은 안 했지만, 비슷한 생각을 하고 있었죠.

"고민을 해결할수록 행복 지수가 쌓여 레벨이 높아지고, 레벨이 높아질수록 오!마이섬에서 나갈 날이 가까워진다는 사실을 잊은 건 아니겠지?"

카카의 말에 오비키와 친구들은 정신이 번쩍 들었죠.

"맞다! 섬에서 너무 재미있게 지내는 바람에 깜빡 잊고 있었어."

고민을 해결하는 데 도움이 된다는 말에 오비키와 친구들은 하나같이 고개를 끄덕였어요. 마다할 이유가 없었죠.

"그런 거라면 당연히 오케이지! 얼른 알려 줘!"

카카
좋았어. 이번에 새로 준비한 신상 테스트의 이름은 바로 MBTI!

백설아
헉, 이게 무슨 소리지?

カカ
어? 새로운 주민인가?

친구들은 뒤에서 난 소리 때문에 카카의 말을 끝까지 듣지 못했어요. 뭔가가 땅에 떨어진 듯했지요. 소리의 정체를 확인하려고 뒤돌아본 친구들은 깜짝 놀라고 말았어요. 오!마이섬에 새로 나타난 건 과연 무엇일까요?

나에게 맞는 친구는?

생각이 깊은 철학자 친구

늘 옆에서 나를 조용히 챙겨 주는 믿음직한 친구예요.
가끔은 선생님 같은 모습을 보일 때도 있지만, 걱정이
많을 때 이 친구의 조언 한마디면 안심이 되지요.

가깝고도 먼 고양이 같은 친구

아무 말 없이 곁에 그저 가만히 있어도 편안한 친구예요.
서로 지켜야 할 선을 넘지 않고 너무 많은 것을 바라지
않는다면 평생 가는 최고의 친구가 될 수 있어요.

유쾌 상쾌 통쾌한 친구

옆에 있으면 나까지 밝아지는 기분이 드는 친구예요.
배려심 많고 다정다감한 친구로, 늘 주변에 사람이
가득한 인기쟁이지요.

심리 테스트는 52~53p에 있어요.